T0113581

De estos cuentos
¿Cuántos cuentos te sabes?

De estos cuentos
¿Cuántos cuentos te sabes?

M A Y T E   C A N T Ú

Número de Control de la Biblioteca del Congreso de EE. UU.:   2022907389
ISBN: Tapa Dura   978-1-5065-4721-3
             Tapa Blanda   978-1-5065-4720-6
             Libro Electrónico   978-1-5065-4719-0

Información de la imprenta disponible en la última página.

Fecha de revisión: 25/05/2022

Para realizar pedidos de este libro, contacte con:
Palibrio
1663 Liberty Drive, Suite 200
Bloomington, IN 47403
Gratis desde EE. UU. al 877.407.5847
Gratis desde México al 01.800.288.2243
Gratis desde España al 900.866.949
Desde otro país al +1.812.671.9757
Fax: 01.812.355.1576
ventas@palibrio.com
837983

ÍNDICE

ÍNDICE

AGRADECIMIENTOS

Gracias a Dios por darme la oportunidad de escribir este libro y publicarlo.

Gracias a mis papás, a mi hermano Cristian y a Caro que siempre han sido un gran apoyo para mí.

Gracias LECTOR, por darte este tiempo para tí, donde disfrutarás de nuevas aventuras y encontrarás soluciones a las situaciones que vivimos los niños de hoy.

AGRADECIMIENTOS

Gracias a Dios por darme la oportunidad de escribir este libro (publicarlo).

Gracias a mis padres, a mi hermano Cameron y a Cara que siempre han sido un gran apoyo para mí.

Gracias, LICTOH- por darte este tiempo para ti, donde disfrutaras de nuevas aventuras y encontrarás soluciones a las situaciones que vivimos los niños de hoy.

EL COVID 19

En algún lugar del mundo había un laboratorio donde guardaban a todos los virus y bacterias. Era como una gran ciudad, cada virus y bacteria tenía su pequeña casa. Vivían todos muy felices. Todas las tardes se podían reunir bacterias o virus como la influenza, la gripe, la varicela o el estreptococo, a platicar un rato.

Un día como cualquier otro, llegó un nuevo virus llamado COVID 19. Todos lo saludaron con mucho amor y cariño, pero el COVID no era tan amistoso. El COVID era nuevo en el laboratorio, por lo que todavía no tenía un lugar donde quedarse.

Mientras encontraba un lugar, la gripe lo invito a vivir en su departamento. El COVID se comportó muy mal. Quería acomodar todo de una manera diferente, dirigir a la gripe en todo lo que hacía y adueñarse de su departamento. La gripe quería sacarlo inmediatamente. Se aguantó el coraje y no lo hizo porque se sentiría mal si se quedaba sin casa, sin cama, sin comida y afuera en el frío. Durante la cena el COVID se comió todo lo que la gripe había servido y no quedó nada para ella. Cuando ya era la hora de dormir, como sólo había una cama, la tenían que compartir. Una hora después de que se quedaron dormidos, el COVID la tiró de la cama.

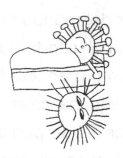

Al día siguiente, la gripa estaba hambrienta y tenía mucho sueño. En el desayuno, tuvo que apartar algunas cosas para poder comer. Esta vez por suerte comió un poco. Mas tarde, le avisaron al COVID que ya tenían un lugar para él. La gripe al escuchar eso se alivió mucho, porque ya no tenía que pasar más tiempo con él.

Al COVID le dieron un espacio dentro de una casa enorme, pero la tenía que compartir con la influenza. El problema es que el COVID no era un buen compañero de casa. La influenza se desesperó muy fácil. Lo corrió dos horas después de que había llegado. Ahora tenían que buscar otro lugar para vivir.

Nadie quería ser compañero del COVID, por lo que no tuvieron otra opción que hacerle su propio departamento. Ya no había edificios disponibles por lo que tuvieron que construirle una casa nueva sólo para él.

El COVID, como no tenía nada que hacer, ayudó al sarampión a dirigir el proyecto de construcción. Mientras lo hacía, cambiaba mucho los planos y el cómo iba a quedar. Con decirles que terminó haciendo un castillo para él solito.

Al día siguiente, el COVID decidió ir de compras. Mientras iba paseando, vio que en una tienda había una corona de rey. Pensó que se le vería bien. Al entrar a la tienda se dio cuenta de que además estaba en descuento y no dudó ni un segundo en comprarla.

El COVID se paseaba con su corona nueva por todo el laboratorio. Se sentía el rey. El problema es que iba mandando y diciendo a todas las bacterias y virus que hacer y que decir. Todas y todos los virus y bacterias estaban hartos de él y lo sacaron del laboratorio. El COVID sin tener a donde ir, caminó y caminó hasta que a un humano encontró, pero por su mal carácter y comportamiento a los 7 días también lo corrió y en busca de otra casa tuvo que ir.

Por eso hay un virus muy peligroso llamado COVID 19 o coronavirus en casi todos los lugares del mundo, así que tengan cuidado porque anda suelto. Si no quieres que entre a tu casa y pasar un mal rato, lávate muy bien las manos y usa cubrebocas.

DE GRANDE
VOY A SER...

Había una vez, una niña que se llamaba Erica. La gente cuando la veía siempre le hacía la misma pregunta: ¿Qué quieres ser cuando seas grande? Pero ella no sabía que responder. Sólo sabía que le gustaba viajar. Tenía un hermano corredor de Karts, por lo que toda la familia viajaba mucho. Eso le permitía hacer lo que a ella más le gustaba.

El año empezaba, era enero y estaban a punto de salir de viaje a Portugal. Iban a ir a un mundial de Karts en la ciudad de Portimao. Todo estaba listo. Las maletas hechas, las reservaciones de avión y hoteles pagadas. Un día antes de que salieran hacia Portugal, llego la noticia de que había un nuevo virus en el mundo, llamado coronavirus o COVID 19. ¡Repentinamente el viaje fue cancelado!

Erica estaba muy enojada, triste y frustrada porque ya tenía todo listo. Estaba muy ilusionada porque conocería un nuevo país. Inclusive había estudiado por meses su idioma, el portugués, para poder comunicarse durante el viaje y ahora de nada le serviría.

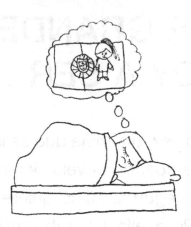

A la semana siguiente estaba lista para ir a la escuela como siempre, pero por el mismo virus, tenía que quedarse en casa. Tendría que aprender a usar la computadora, porque las clases serían en línea.

Al principio fue complicado para todos. Todo eso de las computadoras era nuevo para ella. Claro, Erica estaba un poco feliz, porque sólo tomo la mitad de las clases, ya que las maestras tampoco sabían cómo usar la computadora.

Las clases que tomaba por la tarde también se cancelaron. Ahora tenía que practicar su Tae Kwan Do en línea. El profesor hacía mucho esfuerzo, pero las clases no eran lo mismo.

Algunos días, cuando no tenía clases, acompañaba a su mamá al supermercado a comprar lo que necesitaban para la comida. Así que como de costumbre llegaron juntas la hija y la mamá al super.

Al llegar, gran sorpresa, se dieron cuenta de que sólo dejaban entrar a una persona por familia y los niños no podían pasar. Tuvieron que regresar a Erica a casa y volvió la mamá sola al super.

Erica estaba muy desilusionada y aburrida. Cómo en tan poco tiempo, habían cambiado tanto las cosas. Su vida entera, de la noche a la mañana, ahora era completamente diferente.

Erica era una niña muy aplicada, por lo que acababa muy rápido lo que le encargaban. Una tarde, después de sus pocas clases en línea, Erica tenía tiempo libre y no sabía qué hacer. Recordó que una vez la maestra de español le pidió que hiciera un cuento. A Erica le gustaba escribir, así que decidió tomar una libreta y una pluma y comenzó a poner sus ideas en el papel. Se pasó aproximadamente 2 horas escribiendo. Terminó un gran cuento.

Al día siguiente, se lo enseñó a su maestra. Cuando ella lo leyó a través de la computadora, la felicitó. Le había quedado muy bien. Le gustaba mucho lo que escribía. A partir de ese día, su maestra de español le encargaba que escribiera cada vez más y más cuentos. Al parecer se le hacían bastante entretenidos.

Ahora todos estos cambios en su vida, debido a la situación por el coronavirus ya no eran tan malos. La computadora ahora era una gran aliada y aprovechaba mejor su tiempo en casa. Erica le fue tomando cada vez más gusto a la escritura. Ahora ya podía responder a esa pregunta que todos le hacían.

¡De grande quiero ser escritora!

PELO PANDEMIA

Había una vez un señor que se llamaba José. En su época empezó la pandemia llamada COVID 19. Él vivía en la ciudad de México. Se cortaba el pelo exactamente cada mes. Ni un día más, ni un día menos. En marzo del 2020 llegó el COVID a México. Le tocaba corte de pelo, pero por toda la situación, no se lo pudo cortar.

Así pasaron muchos, pero muchos meses. Un día, ya cuando toda la pandemia había más o menos pasado, su mejor amigo le habló y lo invitó a comer. Él aceptó gustosamente.

Llegaron los dos amigos a la cita. Cuando el amigo, que estaba casi calvo, vio a José con su larga cabellera, se puso celoso y comenzó a molestarlo. Le empezó a decir que se lo debía cortar, que no se le veía bien y todas esas cosas. Terminaron su comida y unos minutos después el amigo de José le dijo que tenía una cita con el doctor, pero que podían verse al día siguiente. Tenían todavía muchas cosas de que platicar, ya que, debido a la pandemia, se habían dejado de ver por mucho tiempo.

Al día siguiente muy temprano, José por los comentarios de su amigo, fue a la peluquería y se cortó el pelo. Por la tarde, los dos amigos se volvieron a reunir. El amigo se quedó sorprendido al ver la nueva cabellera de José. Ahora empezó a preguntarle el por qué se lo había cortado. Le dijo que su cabellara larga se le veía muy bien.

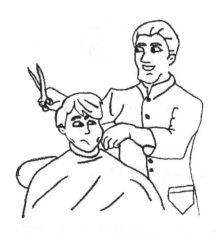

José con cara de asombro le respondió que se lo había cortado, porque él le había dicho que no se veía bien. Después de escucharlo, el amigo avergonzado le dijo que lo sentía mucho. Aceptó que sólo lo había dicho por celos y por envidia, pero que en realidad si se veía bien. Al final los dos se perdonaron y se dieron un abrazó. Pero José aprendió su lección:

A veces las personas, tus amigos o incluso tus mejores amigos, te puede decir cosas por envidia, pero no debes hacerles caso. Siempre tienes que tener seguridad en ti mismo y en tus propias decisiones.

ESCUCHANDO Y MEJORANDO

Había una vez, un león que vivía en la selva. Él iba a ser muy pronto el próximo rey, por lo que quería ser sabio para poder gobernar excelente a todos los animales.

Una mañana decidió ir a pasear por la sabana e ir preguntando a los animales que se encontraba, cómo podía ser un mejor rey.

El primer animal que se encontró fue un ratón. Él le dijo que debía de tratar con igualdad a todos los animales. No por ser grande y fuerte tratara mal a los demás. "Gracias por tu opinión" le contestó el león.

Después, se topó con unas hormigas, quienes le dijeron: "cuidado donde caminas porque a veces nos haces daño, queremos tener libertad al caminar".

El ciervo le pidió que en las noches no lo asustara con su presencia, para poder dormir en paz.

El Buitre solicitó que a veces le dejaran un poco de comida y que tuviera algo de bondad.

La mariposa le sugirió que ya no se peleara con el tigre, por saber quién es más grande y que mejor valoren la amistad.

El cocodrilo le pidió que le ayudara con los hipopótamos a convivir en el lago. Que cada quien estuviera de un lado, para así tener un poco de respeto y una sana convivencia.

El león continuó escuchando y anotando lo que los animales le decían. De repente vio al águila, quien le pidió que le dijera a la jirafa que no moviera tanto el árbol cuando come hojas, porque su nido se tambalea mucho y que fuera más empática.

El siguiente animal fue el búho, quien volteando la cabeza muy raramente le respondió: "Te sugiero tratar a los animales como te gustaría que te trataran a ti".

"Gracias" les dijo el león y siguió buscando al siguiente animal.

Mas tarde se topó con el zorro, quien le dijo: "hay que escuchar a todos los animales, aunque al parecer sean buenos o malos".

"Gracias" repitió de nuevo el león. Después se encontró a una serpiente enroscada en un árbol, ella le dijo que tenía que ser ordenado, no sólo en su casa, sino también con sus ideas.

El siguiente animal fue un ornitorrinco que le dijo: "hay que ser responsables, las cosas que empieces las tienes que terminar y siempre hacerlas bien". "Gracias" repitió el león.

El último animal que se encontró fue un chimpancé que tenía el trasero rosa. Era bastante gracioso y la respuesta del chimpancé fue como una mezcla de ideas, pues decía: "Para ser mejor rey, tú ya sabes lo que tienes que hacer. No te lo tengo que decir, sólo junta y utiliza todas las enseñanzas que otros animales te han dado. Con eso serás el mejor rey. Gobierna para una mayoría, pero no olives que no podrás darles gusto a todos".

EL chimpancé siguió hablando: "Acuérdate que el ratón hablo de igualdad, la hormiga de libertad, el ciervo pidió paz, el buitre bondad, la mariposa hablo de amistad, el cocodrilo hablo de la sana convivencia y respeto, el águila empatía, el búho de tratar a los demás como quieres que te traten, el zorro hablo de escuchar a los demás, la víbora hablo del orden, el ornitorrinco habló de ser responsables, terminar lo que empiezas y hacer bien lo que haces". "¿Cómo sabes todo eso Chango chismoso, me seguiste y escuchaste o qué?" le preguntó el león.

Ese es otro tema, respondió el Chimpancé, lo importante es escuchar las peticiones, hacer las cosas lo mejor que puedas, pero sabiendo que no podrás siempre agradar a todos.

EL momento llegó y el león finalmente se convirtió en rey. Se levantó muy temprano, con un entusiasmo increíble por gobernar bien. Mientras empezaba con sus funciones, se dio cuenta de que el chimpancé iba de liana en liana siguiéndolo.

El león lo detuvo y le preguntó: "Ahora si ya te vi. ¿Por qué me sigues a todas partes?"

El Chimpancé contestó: "Porque me interesa que gobiernes bien, que seas justo. Se me hizo una gran idea que escucharas a todos los animales, pero no es tarea fácil. Quiero ver como lo haces y me gustaría poder ayudarte a gobernar".

El león recordó las palabras que le había dicho el chimpancé hace tiempo y pensó que podía ser una buena opción que lo ayudara a gobernar. Había hecho un buen resumen, tenía claras las ideas y sabía que necesitaría ayuda. Por lo que el león le dijo: "será un honor que seas mi asistente".

El chimpancé con cara de alegría respondió: "Eso me hace muy feliz. Podré ayudar a todos los animales en un trabajo que parece fácil pero no lo es, porque todos tienen peticiones, pero pocos buscan soluciones".

Ambos se dirigieron a la roca donde todos los reyes hacían sus anuncios. Ya sé que es típico, pero así sucede en todos los cuentos y ahí anunciaron lo siguiente: "Hola animales de la sabana, hoy he descubierto como gobernar mejor gracias a los consejos que cada uno de ustedes me han dado. El Chimpancé será mi asistente y me ayudará a recordar que es lo mejor para la mayoría". Lo importante es que cada quien trabaje en lo que tiene que hacer con ganas y esfuerzo.

Los animales sabían que habían sido escuchados y que todos debían de cooperar para convivir mejor.

UNA NOCHE FAMILIAR

Colorín colorado y este cuento se ha acabado. Este cuento no empieza con había una vez, como muchos lo hacen. Este cuento va tan rápido, tan rápido, que empieza con el final. Verán…

Una noche tranquila mi familia y yo salimos al jardín para ver el cielo.

De repente, mi hermano dijo: "Vean eso, es como una gran estrella. ¿Será el sol?".

"No creo, es muy chica" le dije. Fui con mi papá y le pregunté: "¿Es una estrella o un planeta?"

"Normalmente las que brillan mucho son estrellas" nos respondió.

"¿Cómo sabes?" preguntó mi hermano.

"Porque las estrellas tienen luz propia, como el sol y los planetas no. Los planetas sólo pueden reflejar la luz del sol" respondió mi papá.

"Wow que interesante" comentó mi hermano.

Después le pregunté: "¿Qué tan lejos está el sol de la tierra?" y nos respondió que a 8 minutos a la velocidad de la luz.

Mi hermano y yo nos quedamos sin palabras, tratando de entender eso.

"¿A 8 minutos a velocidad de la luz? ¿Cómo es eso? me pregunté.

Era una repuesta un poco más complicada de lo que esperaba.

Entonces mi papá nos explicó, que la luz que sale del sol viaja a una velocidad rapidísima, llamada velocidad de la luz y tiene que recorrer una larga distancia para llegar con nosotros. Se tarda 8 minutos en llegar desde el sol hasta la tierra.

Haz la prueba. Si prendes una linterna y la diriges a tu mano, desde que la prendes hasta que la luz te llega, se tarda un poco, porque la luz tarda un tiempo en viajar. Claro, que si estas muy cerca, parece que es inmediato.

Mi papá continuó hablado: "Es más, les voy a contar un dato chistoso. Si consiguiéramos una lona gigante y tapáramos el sol con ella, la tierra todavía tendría la luz del sol por 8 minutos más. Claro, es imposible hacer eso, pero bueno, se los digo para que me entiendan mejor con ese ejemplo. Es decir, el rayo de luz que toca tu piel ahora, fue enviado desde el sol hace 8 minutos.

Entonces mi hermano y yo le preguntamos: "¿Cuál es la velocidad de la luz?" "La luz viaja a 300,000 kilómetros por segundo" nos respondió.

"Que increíble papá. Todo esto es muy interesante y sí que va super rápido" dijo mi hermano.

"Yo quiero aprender más cosas como estas", por lo que le pregunte, "Si la luz tiene una velocidad, entonces ¿El sonido también?"

"Si". Mira te explico: "Había una vez..., pero eso mejor te lo cuento en otro momento. Ya se hizo muy tarde y se tienen que ir a dormir a la velocidad de la luz."

PA Y TO

Dos patos hermanos vivían en un lago, uno se llamaba Pa y el otro To.

Ellos nadaban muy tranquilos todo el día, pero algo les llamaba la atención. Veían que a muchos de los animales se los llevaban del lago y ya nunca regresaban. Para ellos eso era un misterio.

Otra mañana, Pa y To vieron cuando se llevaron a Max, el perro que vivía en una casita a orillas del lago. Lo curioso es que meses después, Max sí regresó. Inmediatamente fueron Pa y To a preguntarle a dónde se había ido.

El perro les platico que primero lo llevaron a una tienda de mascotas. Ahí la aventura empezaba. Le daban comida gratis, agua y muchos juguetes. Después un niño lo seleccionó y lo llevó a su casa. Ahí podía jugar en un lugar muy amplio, llamado jardín, estaba mejor que la tienda de mascotas. Lo consentían mucho, pero el problema fue que al parecer sus dueños se habían mudado de país y tuvieron que regresarlo al lago.

Pa, al escuchar la historia, quería vivir esa experiencia. Fue con el perro y le preguntó cómo podía hacerlo. Max le dijo que primero tenía que ser seleccionado por los señores de las tiendas de mascotas cuando visitaran el lago. Luego un niño tenía que llevárselo a su casa.

Los señores de la tienda de mascotas llegaron al lago. Pa empezó a llamar su atención, hasta que finalmente se lo llevaron. Todas las mañanas amanecía desesperado por conocer al niño que se lo llevaría a su casa, pero al final del día, al no ser seleccionado, se ponía triste. Su misma cara de tristeza y su desesperación hacía que no lo eligieran, pues asustaba a los niños que entraban a la tienda. Pero Pa ya no quería esperar, soñaba con ir a ese gran jardín con su familia y disfrutar la vida.

Una noche ya muy desanimado Pa recordó lo que su hermano To siempre le decía: "Tienes que aprender a ser paciente, por querer todo rápido, no consigues nada. Debes agradecer y estar alegre con lo que tienes en ese momento y en donde estés".

Al pensar en las palabras de su hermano, recordó que lo primero que tenía que hacer era cambiar su actitud, ser paciente, agradecer y estar alegre donde estuviera. Haciendo eso, tarde o temprano sería seleccionado.

Así fue. ¡Llego el gran día! Una niña de 10 años entró a la tienda. A lo lejos vio a un patito feliz y juguetón. Se acercó y ambos se cayeron bien. La niña finalmente seleccionó a Pa y se lo llevó a su casa. Ella vivía en una casa muy bonita con un gran jardín.

La niña lo llevaba a todos lados a donde iba. En un viaje familiar, curiosamente llegaron al lago donde había nacido Pa. Ahí inmediatamente Pa se reencontró con To y pasaron una tarde muy agradable. Pa le conto a To, lo feliz que se sentía y lo bien que lo trataba esa familia, aunque a veces extrañaba a sus amigos del lago y sobre todo a su hermano To. Recordaron sus aventuras de cuando eran niños y pasaron una tarde muy feliz.

Pa le dijo a To lo que había pasado en la tienda de mascotas y como el recordar las palabras de su hermano en aquel momento, le habían ayudado para poder ser seleccionado. Pa le contó que ya había aprendido la lección, que no sólo hay que ser pacientes, sino agradecidos y felices en donde estemos y eso te traerá más felicidad. Si cambias tu actitud, vas a atraer cosas buenas a tu vida, porque lo que piensas es lo que atraes. Todo empieza en tu propia mente. Hay que estar seguro de lo que quieres, trabajar para lograrlo, ser paciente, con buena actitud y seguro llegará.

UN VIAJE LLENO DE SORPRESAS

Había una vez una niña que se llamaba Beatriz. Sus papas y ella iban a hacer un viaje a un lugar donde no había internet, ni televisión. Beatriz no paraba de quejarse. Sus papas le respondieron que era para descansar de los aparatos electrónicos.

Al día siguiente partieron rumbo a Cuautla. Beatriz estaba de mal humor por no poder usar su tablet durante el camino. Iban en la carretera, cuando su papá le dijo que, si encontraba un venado, le iba a dar $100 pesos.

La cara de Beatriz cambió. Ahora iba un poco más emocionada buscando al venado. Mientras lo hacía, se dio cuenta que, a lo largo del camino, vendían varias cosas a la orilla de la carretera. Entre ellas le llamo la atención un señor que vendía 2 bubulubus por $10 pesos. Más adelante vio a otro señor, pero él ofrecía 3 bubulubus por los mismos $10 pesos. Ella se quedó extrañada, porque entre más se alejaban de la ciudad, los precios de las cosas iban bajando.

Después vio una tienda que vendían ¡Conejos asados! Ella se sorprendió mucho, porque tenía un conejo de mascota. Pensaba que no había nada más raro, pero eso cambio cuando encontró un lugar que vendían escamoles. Ella le dijo a su mamá que quería bajar a preguntar qué era eso tan raro. Cuando le dijeron que eran larvas de hormigas preparadas de varias formas ella grito: "¡HUEVOS DE HORMIGA! Que cosa tan exótica". Salieron de ahí y continuaron con su camino.

Unos metros más adelante encontraron otro lugar en donde vendían chile atole que es una especie de sopa a base de harina de maíz, elotes, epazote y chile, la cual no conocía y le encantó.

En otro pequeño puesto vendían más de 30 tipos de quesadillas diferentes, de huitlacoche que es un hongo del maíz, champiñones, flor de calabaza, chorizo, etc. Beatriz pidió una de huitlacoche, pero cuando se la dieron se dio cuenta de que no tenía queso. Ella preguntó por qué no tienen queso si son quesadillas. Le explicaron que en esa parte de México las quesadillas podían o no llevar queso. Tú tenías que pedirlo si lo querías. Beatriz no entendía porque se llamaban quesadillas si no llevaban queso.

Pero empezó a darse cuenta de las diferencias que había entre un lugar y otro dentro del mismo país.

Un poco más adelante, pararon en otro puesto donde vendían productos sacados del maguey. Ahí encontraron unos tacos de gusanos de esta planta, también una sopa de hongo del maguey y una bebida echa de la pulpa, que Beatriz no pudo probar porque era para adultos.

En el último lugar encontró chapulines con sal y chile, al igual que hormigas y miel de abeja natural. ¡Que tenía una abeja adentro! También encontraron unos muy bonitos juguetes de madera hechos a mano.

¡Casi al final del viaje encontró un venado! Se sorprendió mucho por ver un venado cerca de Cuautla. Le dieron sus $100 pesos. Beatriz llego feliz a la casa, aprendiendo que puedes divertirte sin necesidad de los aparatos electrónicos. Las costumbres y cultura son diferentes de un lugar a otro, aunque se trate del mismo país. Puedes vivir una gran experiencia si observas y valoras lo que tienes a tu alrededor.

UNA LECCIÓN DE PAZ

Había una vez, un pequeño puesto de comida rápida lleno de muchas cosas deliciosas. En la esquina derecha estaba una malteada de fresa. Ella era dulce, alegre y muy buena con todos. En la otra esquina había una malteada de chocolate, que siempre estaba de mal humor y se peleaba con los demás.

La malteada de fresa trataba de que la malteada de chocolate cambiara su actitud, pero la malteada de chocolate siempre se negaba. Un día igual que cualquier otro, alguien llegó al puesto de comida. Habían traído a un nuevo integrante. Era una dona redonda y esponjosa.

"Hola dona mucho gusto" inmediatamente fue a saludarla la malteada de fresa.

"Hola" respondió la dona con mucho entusiasmo.

"Bienvenida" le gritaron a coro las papas fritas.

"Muchas gracias" respondió la dona, mientras veía a lo lejos en el rincón a la malteada de chocolate. Le llamó mucho la atención que mientras todos estaban alegres, ella estaba sola y enojada en la esquina.

"¿Pasa algo malteada de chocolate?" se acercó la dona y le preguntó al oído.

"Nada que te interese" respondió muy groseramente la malteada de chocolate.

"Oye solo trataba de ayudar" le dijo la dona alejándose de ella y volviendo con los demás compañeros.

"¿Qué le pasa?" le dijo en voz baja la dona a la malteada de fresa.

"No sé qué le sucede. Ella es así. Siempre se pelea con todos y por eso ya nadie le hace caso, ni le quieren hablar" contestó la malteada de fresa.

"Que suerte, soy una experta en eso y tengo experiencia" dijo la dona.

La malteada de fresa se quedó viendo a la dona con cara de duda. No había entendido que había querido decir, pero el puesto estaba por cerrar y todos debían irse a dormir.

Al día siguiente, la dona se levantó muy temprano y fue con la malteada de chocolate. "Hola, buenos días" le dijo la dona.

"¿Qué quieres?" contestó la maleteada de chocolate de muy mal humor.

"¿Sabes que hay algo llamado PAZ?" siguió hablando la dona.

"No, ¿A qué te refieres?" dijo cortantemente la maleteada de chocolate.

"La paz es un estado de tranquilidad. La paz es cuando puedes vivir en calma contigo mismo y también hay una buena convivencia social" empezó a explicar la dona.

"¡Como sea!" le interrumpió muy grosera la malteada de chocolate.

"¡Yo tratando de enseñarte un gran valor de vida y tu sólo me dices, como sea!" Alzando la voz le contestó la dona y se fue caminando muy molesta.

"A ver dona, tranquila, respira, inhala uno, dos, tres y exhala" empezó a decirse a ella misma, para tranquilizarse un poco.

A la mañana siguiente la dona no se iba a dar por vencida, porque sabía que podía ayudarla mucho, así que fue de nuevo a buscar a la malteada de chocolate, antes de que abrieran la tiendita y llegara la dueña.

"Listo ahora si continuemos" le dijo la dona a la malteada y continuó hablando: "La paz es algo que se necesita para que toda la comida nos llevemos bien y todos podamos vivir más felices y tranquilos en el puesto. Pero eso depende del esfuerzo que pongamos cada uno de nosotros. El ser groseros con otros no nos lleva a nada bueno y nadie gana, ni tú ganas. Si eres amable, los demás también serán amables contigo, pero primero tienes que tener paz en tu interior, para poder tenerla con los demás. Encuentra que es lo que te enoja para que puedas resolverlo. Eso te hará sentir bien a ti. Luego, el que tú te sientas bien contigo, te ayudará a llevarte mejor con los demás, pero todo cambio empieza dentro de ti, en tu mente. Sólo piensa en lo que te dije ¿sí? por favor".

Primero se quedó poco pensativa y después volvió a decir la malteada de chocolate, lo de siempre: "¡Como sea!" y se fue.

"A ver dona, tranquila, respira, inhala uno, dos, tres y exhala" empezó a decirse otra vez la dona, para tranquilizarse un poco. Pero esta vez será diferente pensó la dona: "Estoy segura que la maleteada de chocolate esta vez sí escuchó, aunque sea un poquito y eso puede hacerla cambiar de actitud".

Al día siguiente la malteada de chocolate era un malteada no lo sé……. una malteada diferente.

"Buenos días" dijo la malteada de chocolate.

Se hizo un gran silencio y toda la comida se quedó impactada, sorprendida e impresionada.

"¿Dijo buenos días?" preguntó la hamburguesa.

"Es un milagro" dijo el refresco, mientras veía a la malteada de chocolate contenta.

"¿Qué le hiciste?" le preguntó la malteada de fresa a la dona.

"Eso pasa cuando dejas a la dona con alguien" le contestó. "Digamos que le faltaba entender que es la paz interior y que debes estar bien contigo mismo para poder estar en paz con los demás".

"Recuerda contactar a la empresa La Dona Feliz. Trabajo todos los días." le contesto la dona y le guiñó el ojo.

ES MEJOR SER...

Había una vez una niña que se llamaba Andrea. Una noche sus papas salieron a una cena con unos amigos, por lo que ella se tuvo que dormir temprano. No tenía mucho sueño y se encontraba aburrida. Así que se asomó por la ventana y pensaba: "Que aburrido es ser niña. Tienes que ir al colegio, hacer tareas, acostarte temprano y comer verduras". Ella quería ser adulta para poder salir y divertirse.

Al día siguiente, tenía una alarma a las 6:00 am. Vio su celular y decía junta de presentación de diseño de casas a las 7:30 am. Espera. ¿Qué está pasando? ¡¡¡Soy adulta!!! Yeiii Estaba feliz. Se quedó festejando en su cama por media hora y luego recordó que tenía que ir a la junta. "Ya son las 6:30 am tengo que apurarme".

Rápidamente se vistió y se olvidó de bañarse. Ya no tenía tiempo, así que bajo a la cocina. Se acordó que como ya era adulta, ella se tenía que preparar el desayuno. Ya era tarde, así que sólo tomo unas galletas de la alacena. Luego miro el reloj y ya eran las 7:17 am. Tenía que apresurarse, pero como ya era adulta, ella tenía que manejar. Al no saber hacerlo, tuvo que pedir un taxi. Llego a las 7:40 am. "Llegué

10 minutos tarde. Lo siento, lo siento" les dijo a los que la estaban esperando.

Después de hacer la presentación se regresó a su casa. Ahora tenía un recordatorio en su celular que decía: pagar la tarjeta de crédito. "¡Oh no! El banco cierra a las 3:00, son las 2:07 y hago 40 minutos" se dijo a ella misma. Rápidamente pidió un Uber y llegó 10 minutos antes de que cerrara el banco. Por suerte no había fila y la atendieron bastante rápido. Después de pagar su tarjeta y regresar a su casa tenía mucha hambre. Sólo había comido un paquete de galletas desde la mañana. Ahora era el momento de cocinar algo. Para su sorpresa no tenía gas. Tomó el teléfono y lo pidió. Se tardaban tanto en llegar, que para calmar el hambre sólo agarro medio pan de dulce que le quedaba. Estuvo esperando el gas alrededor de 1 hora. Como vio que no llegaban decidió ir a comer a un restaurante. Mientras estaba ordenando que comer le llamo el gas, que ya había llegado. Así que tuvo que pedir la comida para llevar. Corrió tanto que la mitad de la comida se le cayó por tanta prisa, pues el gas ya casi se iba. Apenas lo alcanzó y le recargaron el tanque. ¡Ya eran las 5:30 pm!

Volvió a ver su celular y ahora decía preparar la presentación para el jueves y era miércoles. Se pasó horas en su oficina preparando la presentación. Después como a las 9:00 pm. Terminó. Ya tenía hambre otra vez. Esta vez estaba demasiado cansada para cocinar, por lo que ordenó una pizza. Se quedó dormida pensando: "Que día tan pesado. Como me arrepiento de haber deseado crecer tan rápido y no disfrutar mi niñez".

Al día siguiente, se despertó siendo una niña. Se dio cuenta de que todo había sido un sueño. "Qué bueno" pensó. "Ser adulto no es como me lo imagine. El ser adulto tiene también muchas responsabilidades y hoy he aprendido que no todo es diversión. Es mejor vivir cada etapa del crecimiento y valorar lo que tienes hoy, que apresurar todo y no disfrutar cada momento de tu vida".

TUGA LA TORTUGA

Había una vez, en un pantano, una tortuga llamada Tuga. Tuga era muy buena, amable y amistosa. Ella sabía hacer muchas cosas. En el colegio era muy buena en todas sus materias, como matemáticas, ciencias naturales, español, historia y geografía. También era buena cocinando y organizando todo. En deportes era la mejor y hasta sabía tocar la trompeta. Sólo tenía un pequeño problema: "¡Le tenía miedo al agua!"

Todos los días sus padres la trataban de ayudar, pero nunca funcionaba. Por suerte, no eran tortugas completamente de agua. Sus compañeros de clase se burlaban muy seguido de ella y eso la hacía sentir muy mal.

Ella trataba de superar su miedo día tras día, pero simplemente no podía. Cuando una de sus pequeñas patitas tocaba el agua, inmediatamente por instinto la quitaba y se ponía a temblar.

Un día de otoño, el sol se había ocultado. Había muchas hojas cayendo de los árboles. Tenían distintos colores como café, rojo o amarillo. El paisaje se veía hermoso. Tuga se encontraba muy tranquila leyendo cerca del pantano. ¡Como disfrutaba de esos días nublados! Era sábado y por eso no tenía colegio. Mientras iba en la página 54 de aquel libro que estaba leyendo, todos los animales la volteaban a ver con algo de miedo.

Tuga se quitó los lentes, se les quedó viendo fijamente y les pregunto: "¿Por qué me ven así? ¿Qué pasa?"

Cuando Tuga volteó su cabeza, vio a un jaguar enorme, de color amarillo con manchas negras, dientes muy afilados y dispuesto a comerse a Tuga.

En ese momento a Tuga sólo le quedaba una opción: ¡Saltar al agua!

Tuga tenía que tomar mucho valor para hacerlo y no tenía mucho tiempo. Lo tenía que hacer inmediatamente, porque el jaguar estaba muy cerca y de un salto se podía comer a Tuga.

Tuga ni siquiera lo pensó y dio un gran salto al agua. Comenzó a nadar rápidamente y salvó su vida. ¡De repente, se dio cuenta que el agua era increíble! Aprendiendo que sólo necesitaba una pisca de valor y un pequeño empujón, para poder vencer su miedo, al igual que tú puedes vencer los tuyos.

¿ES MÁS FÁCIL SER UN ANIMAL?

"Todos los animales tienen la vida fácil, sin colegio, sin tareas y sin trabajos", le dijo un niño a su mamá.

"No lo creo, pero mejor vamos a preguntarles a ellos", le respondió la mamá.

Fueron los dos al bosque a preguntarle a cada animal que se encontraban en el camino, si su vida era fácil y que era lo que tenían que hacer.

Primero se toparon con el conejo. "¡Claro que no, mi vida no es fácil! Yo tengo que construir mi madriguera porque depredadores como el zorro o el lobo me pueden comer. Tengo que ser precavido, rápido y hábil" respondió el conejo, que se veía bastante apresurado trabajando.

Después, se encontraron con una pequeña hormiga llevando hojas y hojas, dando vueltas y vueltas. Por cierto, casi la pisaban, pero por suerte la hormiguita se movió rápido y logró salvar su vida.

"¡Cuidado!" les dijo la hormiguita.

"Perdona" respondieron a coro la mamá y el niño y aprovecharon para preguntarle.

"Yo tengo que ir y venir con cargas de comida para el invierno, no quiero ser como la cigarra que cada año se queda sin refugio, sin comida y nunca aprende. Así que lo siento, no me puedo entretener mucho que ya es finales de verano y tengo que apurarme" respondió la hormiga, que siguió trabajando.

Después se encontraron con el zorro y de nuevo le preguntaron lo mismo: "Todos los animales tienen la vida fácil, sin colegio, sin tareas y sin trabajos, ¿Cierto?"

El zorro les respondió que tenía que conseguir comida para mantener a toda su familia, que era grande y comían mucho.

El siguiente animal que se encontraron fue la ardilla y sobre la misma pregunta, les contestó que tenía que recolectar nueces y otros frutos todo el día y que hacer eso era peligroso, porque si se distraía, podía estar un animal depredador muy cerca.

El niño iba aprendiendo mucho de lo que le decía cada animal. El próximo animal fue un venado, que les dijo en los momentos más felices y tranquilos mientras estoy comiendo pasto, siempre está el temor de toparse con un tigre escondido entre los matorrales.

Luego vieron una suricata y les dijo que tenía que hacer túneles muy profundos para todas sus amigas y que al hacerlo se podía encontrar topos con dientes enormes al acecho.

Después de preguntarles a los animales del bosque, el niño y su mamá regresaron a casa. Ambos aprendieron muchas cosas importantes:

"Siempre pensamos que los demás tienen una vida más fácil y que la vida más difícil es la nuestra, ósea la que cada quien vive. Pero en realidad, todos tenemos cosas que solucionar, con las habilidades que tenemos. El niño se dio cuenta que la vida no es sólo diversión. Cada persona tiene sus propios problemas y sus propias formas de enfrentarlos. Es interesante aprender como otros solucionan sus problemas, porque tomando ideas nos puede ayudar a resolver los nuestros. Se dieron cuenta que en la vida primero tienes que trabajar, resolver lo que se te presente y luego ya puedes descansar o divertirte. El que sobrevive es el que trabaja y se prepara para el futuro. Tenemos que entender que hay que hacer cosas que no nos gustan tanto, para después poder hacer las cosas que si nos gustan mucho. Si de todas formas tienes que trabajar, mejor hacerlo con ganas y que hay mucho que podemos aprender de los animales".

EL DÍA MÁS CALUROSO DEL AÑO

Había una vez, un oso que vivía muy feliz en una casa de madera y paja. Un día muy caluroso, que estaban como a 44° grados, el oso tuvo una gran idea. Decidió ir a refrescarse al lago del bosque. Hacía tanto calor que cuando llegó al lago, toda el agua se había secado. No había llovido en muchos meses. El oso se fue de regreso a casa por un tazón de miel. Cuando se sentía triste, enojado o frustrado, comía mucha miel, malamente pensando que eso lo haría sentir mejor. El oso caminó y caminó a su casa, pero al llegar se dio cuenta que ya no tenía. Ahora no sólo estaba enojado, sino también muy desesperado porque en el camino no había podido recolectar miel, ya que por la sequía no había flores.

Entonces se le ocurrió ir a casa de su amigo, para ver si tenía alguna otra idea de qué hacer con el calor y con la falta de comida. A medio camino recordó las palabras que le decía su mamá: "Siempre debes estar preparado". Entonces se regresó a su casa y se puso a arreglar un par de grandes tazones que tenía rotos, para estar preparado por si veía la oportunidad de conseguir más miel. Después salió otra vez a buscar a su amigo y cuando estaba a punto de llegar a su casa, de la nada empezó a llover y el estanque se volvió a llenar con agua pura y fresca.

Salió corriendo para llegar más rápido a casa de su amigo. Los dos se fueron juntos al lago a echarse un gran chapuzón. Ahora disfrutaban y valoraban ese día más que cualquier otro. Gracias al agua, las flores empezaron a crecer. Ahora las abejas ya podían ir de flor en flor y así producir la miel.

El oso se dio cuenta de que la miel empezaba a caer de las colmenas y como estaba preparado con sus tazones arreglados, pegados y listos, sólo los puso debajo de los diferentes panales de abejas y se llenaron de miel.

El oso aprendió que cuando las cosas se ponen difíciles, hay que estar preparados y confiar que pronto todo mejorará. Siempre debes de estar listo con un gran tazón, porque algún día vendrán tiempos mejores y hay que estar listos para aprovechar las oportunidades cuando lleguen.

Como decía mi mamá, recordó el oso: "No nos preguntemos si va a salir el sol o no, mejor prepárate para cuando salga. Haz lo que tienes que hacer que el sol tarde o temprano saldrá".

EN AFRICA LA GENTE NO USA ZAPATOS

Había una vez, un jefe que tenía dos trabajadores que le ayudaban a vender zapatos. Cuando en la ciudad ya habían ido a todos los hogares, se prepararon para visitar ahora las casas de todo el país. Lo lograron, vendiendo zapatos a cada hogar que necesitaba. Con ello habían podido ahorrar mucho dinero. Llegó un momento que ya habían vendido sus zapatos en todo el país y aun tenían muchos en la bodega por vender.

Ahora al jefe se le ocurrió ofrecer sus zapatos en otro continente.

Uno de los empleados sugirió: "Vamos a África".

Se prepararon para ir a conocer ese nuevo continente. Primero era importante ver cómo estaban las cosas por allá, antes de llevarse los zapatos a vender. Ambos vendedores salieron rumbo aquellas tierras lejanas.

A su regreso el jefe quería saber cómo les había ido.

El primer vendedor respondió: "la gente casi no usa zapatos allá, por lo que creo que es mala idea, porque no están acostumbrados a los zapatos".

El jefe se entristeció y fue a preguntarle al otro vendedor que opinaba.

El segundo vendedor respondió casi exactamente lo mismo: "La gente casi no usa zapatos allá, por lo que creo es una buena idea, no están acostumbrados a ellos, entonces llevaríamos un producto nuevo. Podemos venderles mucho y ayudarlos".

El jefe se quedó pensando ¿Cómo es posible qué ante la misma situación, uno vea lo malo y otro vea una buena oportunidad? No será que la vida nos presenta situaciones y todo depende de cómo las veamos.

El jefe lo analizó y pensó que podía ser un buen negocio. Habló con sus dos vendedores y les explicó que no sería fácil acostumbrarlos a usar zapatos, pero si se preparaban bien hablándoles de las ventajas, los podrían convencer.

El resultado fue como se esperaba, el que lo había visto como una oportunidad, se preparó, hacia buenas presentaciones y vendió mucho, pero el que pensaba que era mala idea, le fue difícil y no vendió casi nada. Así que, ante la misma situación, puedes encontrar una barrera o una oportunidad. La diferencia está en como ves las cosas y como crees que serán. ¡La decisión está en ti, puedes buscar problemas o soluciones!

TRABAJANDO EN EQUIPO

Había una vez un lago muy hermoso, rodeado de árboles, praderas, flores y muchas creaturas como mariposas, ranas, variedad de peces, patos, castores, tortugas, flamencos y ornitorrincos.

Todos vivían felices en el lago, pero un día muy lluvioso llego un cocodrilo y empezó a adueñarse de ese hermoso lugar. Amenazaba a todos los animales con que se los iba a comer. Durante el día, no dejaba a los animales ni acercarse un poco al agua. Excepto por los peces claro, pero tenían un espacio muy limitado donde podían nadar.

Un día, un ornitorrinco se cansó y reunió a los demás animales. Les dijo que tenían que ser independientes y no tener miedo de otros animales. Juntos hicieron un plan para deshacerse del cocodrilo.

Primero las mariposas investigaron los zoológicos que había cerca del lago. Después de mucho buscar encontraron uno a 15 Km. del lugar. Los patos, junto con los castores, hicieron una carretilla con madera. Las tortugas iban a ser las encargadas de empujar esa carretilla.

Llegó el día esperado. Los animales ya tenían todo planeado. Primero los peces se encargaron de distraer al cocodrilo y llevarlo a la orilla del lago. Ahí fue donde todas las ranas usaron sus lenguas para atraparlo rápidamente. Después los flamencos lo llevaron volando a la carretilla. Las tortugas lo jalaron. Todo iba de acuerdo al plan, pero lo malo fue que después de 5 Km se cansaron. Los demás animales se dieron cuenta y haciendo un gran trabajo de equipo les ayudaron. Finalmente dejaron al cocodrilo en frente de la puerta del zoológico.

Como era de esperarse los señores del zoológico lo llevaron a una jaula, donde no pudo salir. Los animales de regreso organizaron una gran fiesta por tener de vuelta su lago. Aprendieron que: si se trabaja en equipo y por el bien de todos, las cosas salen mejor.

COMPRANDO LA CENA

E n una ocasión, como aquellas que les suelen pasar a las niñas de 9 años cuando se encuentran aburridas, sin nada que hacer y están lejos de su tablet, la idea de salir a comprar la cena para su familia puede no ser muy emocionante, pero puede llegar a ser una gran aventura. Como le pasó a nuestra protagonista de la siguiente historia.

Había una vez una niña que se llamaba Regina. Ella estaba en una casa de campo en Cuautla Morelos con su familia. Se encontraba muy aburrida. Sus papas le dijeron que los acompañara a comprar algo para la cena. Ella aceptó no muy emocionada, pues pensó que sería aún más aburrido. Cuando llegaron al pueblito donde comprarían las cosas, lo primero que encontró fue una panadería muy diferente a las que ella conocía. Era un lugar grande y tenía unos hornos artesanales de donde estaban sacando una gran variedad de panes recién horneados. Olía delicioso, así que decidieron comprar unos cuantos para llevarlos a casa. Como ella no podía decidirse por tan gran variedad, le dieron la oportunidad de escoger dos piezas al igual que su papá. Ella escogió un panque de chocolate y un rol de canela, su papá otro rol de canela y un pan rojo, al hermano que había decidido quedarse en casa le llevaron un cochinito y la mamá escogió una orejita.

La travesía continuó. Regina empezó a emocionarse y a cambiar su actitud. Después se pararon en un lugar donde vendían fruta, pues Regina quería una malteada de plátano. Su papá le dio $15 pesos para que fuera a comprarlos ella sola. Fue por un canasto y tomó una penca de plátanos. La pesaron y costaban $18 pesos. Ella le dijo al vendedor que no traía más de $15 pesos, que se los dejara a ese precio. Como fue muy convincente y traía buena actitud, el vendedor acepto. Ella salió muy contenta, pues ya había aprendido a negociar. Ahora si se fueron a comprar la cena. Se pararon en un lugar donde vendían pollos asados a la leña. Olía bastante rico. Además, compraron arroz y tortillas para hacerse unos deliciosos tacos.

Mientras esperaban su pedido, se acercó a ellos un perro que se veía lastimado. Ella le preguntó a su papá que si le podían dar algo de comer. Le dijo que sí, pero cuando les entregaron su pollo, el perro ya se había ido.

Ya iban de regreso a la casa, cuando vieron un pequeño puesto donde vendían una carne con un nombre muy raro, llamado cecina. Regina se quedó en el coche mientras su papá bajó a comprar un poco de esa carne. Ella se quedó atenta observándolo. Vio que mientras él estaba esperando a que le dieran la famosa cecina, estaba comiéndose un taco recién hecho. A Regina se le antojo tanto que de inmediato se bajó del coche para comerse uno ella también, justo ahí al aire libre.

Regina regresó feliz a su casa. Ya no estaba aburrida y aprendió que, en una simple salida a comprar la cena, puedes pasar una tarde increíble, hacer cosas nuevas y divertidas. El pasarla bien o mal depende de la actitud que tomes ante las circunstancias que se te presenten.

ADAPTARSE Ó EXTINGUIRSE

Hace muchos, muchos años, cuando existían los dinosaurios, también había muchas otras especies de animales, que se lograron adaptar como: los caimanes, las abejas, los cangrejos, los ornitorrincos, los tiburones y las tortugas.

Pero bueno, ahí les va el cuento: En la península de Yucatán, muy cerca de Cancún, había una familia de dinosaurios y una de ornitorrincos.

Las dos familias convivían todo el día. Salían de paseo y jugaban juntas. Su vida era normal y tranquila, pero un día les llego la noticia de que iba a caer un meteorito. Los ornitorrincos pensaban en formas de escapar o evadir el meteoro, mientras que los dinosaurios no creían en eso y pensaban que era mentira. A los ornitorrincos se les ocurrió aprender a nadar y escaparse por el agua, cuando callera el meteorito. Se pasaban el día tratando de aprender a nadar, practicaban y practicaban. Los ornitorrincos les decían a los dinosaurios que pensaran en formas de evadir el meteorito, pero los dinosaurios seguían necios con su idea de que no era cierto. Hasta que un día, como los ornitorrincos lo sospechaban, llego el meteoro.

Ellos ya lo esperaban, pero a los dinosaurios les llegó por sorpresa. El plan de los ornitorrincos funcionó exitosamente y se fueron nadando, por eso ahora ellos son semiacuáticos. Los dinosaurios se extinguieron por no creer que las cosas pueden cambiar y por no prepararse para eso. No te resistas a los cambios que la vida te dará, por más trabajo que te cueste, tienes que aprender a adaptarte y prepárate para enfrentar las nuevas circunstancias.

UNA VERDADERA AMISTAD

Había una vez, tres amigos que se llevaban muy bien. Vivían en un pequeño bosque a las orillas del lago. Los tres amigos eran un castor, una nutria y un pato. Siempre disfrutaban de sus días juntos. Así pasaron los años, pero entre más viejos se hacían, menos se veían.

El castor era constructor de casas, la nutria daba clases de natación y el pato era maestro de matemáticas. Un día, después de no haberse visto en mucho tiempo, se encontraron en el supermercado. Estaban comprando pescados y vegetales. Los tres se recordaron inmediatamente, pero algo era diferente. Ellos habían cambiado mucho su actitud.

El pato estaba de mal humor porque lo habían despedido de su trabajo. La nutria empezó a presumir de su vida. El castor les dijo algunas cosas que ni siquiera eran ciertas. La nutria, el pato y el castor pelearon y se enojaron. Después de la discusión se fueron furiosos cada quien a su casa.

El pato se sintió mal por lo que les había dicho a sus viejos amigos. El castor y la nutria también y querían ir a disculparse unos con otros.

Al día siguiente, el castor fue a la casa del pato, pero al mismo tiempo el pato fue a casa de la nutria y la nutria a la casa del castor. Cuando todos llegaron a su destino no encontraron a nadie. Los tres se fueron desilusionados de vuelta a su propia casa. En el camino de regreso se toparon en una fuente que había en el parque. Los tres se disculparon y aceptaron que ser negativo, presumir y decir mentiras no es bueno, ni es la forma de tratar a los amigos. A partir de ahí fueron más unidos que nunca.

Pasó el tiempo, la nutria, el castor y el pato seguían siendo muy buenos amigos. Años después lamentablemente, llego la hora de su muerte. Dice la leyenda que, por su hermosa y larga amistad, desde pequeños hasta viejos, se creó una nueva especie en su honor, a la que llamaron ornitorrinco. Ya que los ornitorrincos son una mezcla de pato, nutria y castor. Con esto demostraron que los verdaderos amigos son para toda la vida.

ASHTON LA LIEBRE

Había una vez en medio del bosque, una liebre llamada Ashton. Él era muy inteligente y muy rápido, incluso más rápido que todos sus amigos. Tenía el pelaje entre gris y marrón. Sus ojos eran negros y su nariz rosa. ¡Era simplemente genial!

Lo único malo que Ashton tenía, era que sus orejas eran demasiado grandes, según él. Por lo menos más grandes que las de sus compañeros. A causa de eso, todos se burlaban en la escuela.

Ashton todos los días regresaba triste y desanimado de su escuela. Sus padres siempre lo trataban de animar y le aconsejaban que no los escuchara o que no les hiciera caso a las burlas de sus compañeros.

El gran problema era que el mismo Ashton pensaba que sus orejas eran feas y enormes, porque siempre que pasaba por alguna puerta sus orejas se quedaban atoradas y tiraba cosas por todos lados. Él mismo no se aceptaba.

Un día normal y como cualquier otro, se levantó y se fue a la escuela. Más tarde, regreso a su casa porque se quedó de ver con su mejor amigo a las 3:00. Ashton se preocupó, porque siempre era muy puntual y ya eran las 3:28. Espero y espero, pero su amigo no aparecía. Revisaba muy seguido su celular para ver si le llegaba algún mensaje, pero nada.

Cuando ya habían pasado más de 45 minutos, Ashton se preocupó más y decidió ir a buscarlo. Toco la puerta de su casa, pero no había nadie. Revisó el parque, la escuela, el lugar donde tomaba sus clases de atletismo por la tarde y nada. No encontraba a su amigo por ningún lado.

Cuando estaba a punto de rendirse, oyó unos pequeños gritos, que gracias a sus grandes orejas pudo escuchar. Venían de las afueras del bosque, por lo que salió corriendo. Ashton pudo seguir ese sonido, gracias a sus grandes orejas.

Finalmente encontró a su amigo. Estaba atorado, porque un árbol le había caído encima. Rápidamente fue a buscar ayuda. Iba agitando sus grandes orejas para llamar la atención. Los demás al verlas, se dieron cuenta de que algo estaba pasado y salieron corriendo a ayudarlo. Entre todos pudieron mover el gran tronco y lograron salvar a su amigo y todo gracias a las grandes orejas de Ashton. De ese día en adelante, todos respetaban a Ashton y ya no se burlaban de él. Ashton por su parte, aprendió que sus orejas no eran tan malas como él pensaba y que el primero que tenía que aceptarse era él mismo.

Tú también tienes que ser el primero en aceptarte, por algo Dios te hizo de esa manera. Tú eres perfecto tal y como eres.

LAS AVENTURAS DE PERRY Y WILMA

Había una vez dos gemelos ornitorrincos. Uno era niña y el otro era niño. La niña se llamaba Wilma y el niño se llamaba Perry. Vivían felices en un pequeño lago en Australia. Wilma siempre había querido ser exploradora y descubrir cosas nuevas. Perry pues………. no lo sé. Él sólo iba a donde la vida lo llevaba. Un día Wilma decidió irse en busca de aventuras y le dijo a Perry: "¡Perry Levántate!"

"No, no quiero mamá es muy temprano" respondió Perry.

"No soy tu mamá. Soy tu hermana. ¡Levántate! Hoy iremos en búsqueda de aventuras a la jungla. ¡Vamos!" le insistió Wilma.

"No, hoy no tengo ganas de ir a ningún lado. Hoy sólo quiero quedarme en mi lago y comer cangrejitos" dijo Perry.

"¡Claro igual que todos los días! Ven vamos" le ordenó Wilma.

"Ay está bien, pero que conste que yo no quería ir eeehhhh" Perry respondió.

"Sí como digas" le dijo Wilma a su hermano.

Así Perry y Wilma se adentraron en la jungla de Australia.

"Wilma por qué te dije que sí, esto da miedo y es aburrido" exclamó Perry.

"Perry deja ya de quejarte y sigue caminando" dijo Wilma.

"Oye Wilma como que esta arena esta rara, como que me absorbe. De hecho, esto si es divertido" gritó Perry.

"¿Qué dices? ¡Ay no! Son arenas movedizas. Rápido Perry sujétate de esta rama" le dijo acercándole una gran vara. "Ok" "uffff eso estuvo cerca"

"Ay Wilma eso estaba divertido" se quejó Perry.

"¡Te ibas a morir si te dejaba ahí!" exclamó Wilma.

"Bueno, supongo que ahora debo decir gracias".

"Guau Perry por fin eres educado" le contestó ella muy sorprendida.

"¿Qué es educado?" él pregunto.

"Ay Perry, adorable y simpático Perry" comentó mientras lo abrazaba.

Así Perry y Wilma continuaron con la aventura en la jungla cuando escucharon un ruido. "¿Quién está ahí?"

De repente escucharon a una voz extraña decir: "preguntó Wilma".

"¿Quién dijo eso? ¿Quién dijo mi nombre?" exclamó Wilma.

"Creo que fui yo. ¡Hola! Mucho gusto. Soy el narrador de la historia" dijo el narrador.

"¿Cuál historia? ¿Cuál narrador?" preguntó Wilma muy extrañada.

"De la historia que están viviendo" contestó el narrador.

"Con quien estás hablando Wilma acaso es un fantasma" interrumpió Perry.

"No Perry, estoy hablando con un tal narrador" le dijo sorprendida.

"Ah hola mucho gusto" le dijo Perry con mucha naturalidad y empezó a interrogarlo: "Dime narrador…. ¿Por qué me estas espiando? ¿Por qué te entrometes en mi vida? ¿Eres espía? ¿Eres de la FBI? ¿Eres ladrón? ¿Eres policía?"

"No, no, no y no" contestó el narrador.

"Entonces ¿Quién eres o qué eres? Sólo te escucho, pero no te veo" comentó Wilma.

"Ok, ok, ok. Yo sólo estoy narrando esta historia para las personas que están leyendo o escuchando este cuento. Así ellas se enteran de que esta pasado" explicó el narrador.

"¡Que! Hay personas espiándome ahora" gritó Perry.

"Bueno espiando no, pero sí de algún modo" agregó el narrador.

"Ya entendí. Tú le vas diciendo a los demás lo que hacemos. Pero si es mi historia, ¿Por qué tú no te vas? y la narro yo" le preguntó Wilma.

"Si eso es lo que quieres, está bien. Si crees que es tan fácil adelante" dijo el narrador.

"Y así yo, Perry y el narrador continuamos caminando……" comenzó Wilma a narrar.

"Desde ahí ya vas mal. Como dicen, el burro por delante" dijo el narrador.

"Ok, ok y entonces el narrador, yo y Perry" continuó Wilma.

"No, no, no" la interrumpió el narrador nuevamente.

"¿Por qué me interrumpes? Tu dijiste que primero el burro" le contestó Wilma.

"Yo no soy un burro" se quejó el narrador. "Quiero decir que la persona que va narrando se tiene que poner hasta el final".

"¿Yo hasta el final? preguntó Wilma. "Mira está bien. Mejor nárralo tú, ya que es lo único que sabes hacer y yo vivo mi historia" le comentó Wilma.

"Oye no es lo único que sé hacer también puedo……" contestó el narrador.

"No te escucho narrando" lo interrumpió Wilma.

"Grrrrrrrrr, está bien, está bien, entonces sigo con el cuento. ¡Wilma y Perry siguieron caminando y se encontraron a un jaguar!" continuó el narrador.

"No me comas. Soy muy joven y adorable" dijo Perry

"¿Crees que nos puedes vencer tan fácil, por ser grande y fuerte? Pues no. Estás muy equivocado narrador, le dijo Wilma. Podemos ser agresivos si queremos. ¿Verdad Perry?"

"Pero a mí no me comas" insistió Perry.

"Perry cálmate por favor" dijo Wilma. "Tu narrador que tienes que decir en tu defensa" le preguntó Wilma

"Yo sólo quería que tuvieran amigos" comentó el narrador bajando la voz.

"Sospechoso" afirmó Wilma. "No pudiste poner algo más inofensivo como un conejo".

"Ok vamos a darte una oportunidad. ¿Quieres seguir en la aventura con nosotros?" le preguntó Perry.

"¡Claro! Muchas gracias. Entonces continuamos con el jaguar" le contestó el narrador.

"Te estaré vigilando narrador y a ti también jaguarcito te estaré vigilando" les dijo Wilma.

"¿Cómo te llamas Jaguar?" le preguntó Perry.

"Me llamo Diego. ¿Ustedes?" preguntó el jaguar

"Yo me llamo Perry y esta es mi hermana Wilma" contestó.

"Así Wilma y Perry continuaron con la aventura en la jungla. Ellos y el jaguar se hicieron buenos amigos. Entre los tres siempre se ayudaban. Después de mucho caminar, se encontraron un paraíso. Era un lugar hermoso. Tenía árboles y un gran lago rodeado de miles de mariposas y pájaros. También había pequeñas montañas verdes llenas de pasto, muchas flores, plantas, arbustos y era…" continuó describiendo el narrador.

"¡Increíble! Jaja lo sabía, lo sabía" lo interrumpió Wilma.

"¿Qué pasa? ¿Qué sabias?" le preguntó el narrador.

"¡Que esta aventura sería algo fantástico! Vamos acéptalo Perry" dijo emocionada Wilma.

"Está bien tengo que aceptar que esto es……. Fabuloso" gritó Perry emocionado.

"Así Perry, Wilma y el jaguar disfrutaron de ese hermoso lugar y vivieron felices para siempre". Concluyó el narrador.

"Noooo, sigue con las aventuras narrador" le pidió Wilma.

"Está bien, pero para eso tendrán que esperar al próximo libro" dijo el narrador.

LA PRÁCTICA HACE A LA RANA

Érase una vez, una ranita que se llamaba Franky. Era casi recién nacido. Él quería saltar tan alto como sus amigas ranas que eran más grandes que él.

Un día decidió ir a las orillas del lago, que era el lugar donde todas las ranas aprendían a saltar.

Ahí se encontró a su amigo Ralph y le pregunto: "¿Cómo puedo aprender a saltar tan alto como tú?"

"Todo es practica" le respondió Ralph.

Franky lo intento sólo 5 veces. Como no le salía, se desesperó y se fue a su casa. Al día siguiente, se encontró con otro de sus amigos que se llamaba Peter.

Franky le pregunto: "¿Cómo puedo brincar más alto?"

Peter le respondió: "Con practica y paciencia se logra todo".

Franky esta vez lo intento 10 veces, pero se cansó y se regresó a su casa.

Un día después, le pregunto a su mamá: ¿Cómo podía saltar más alto?

Su madre le respondió: "La práctica hace a la rana".

Franky harto de la misma respuesta se fue a su cuarto enojado. Unas horas más tarde, ya más tranquilo, pensó que tal vez tenían razón. Que lo tenía que intentar muchas veces.

Por la tarde regreso a las orillas del lago. Pero ese día no lo practico 5, ni 10, sino 20 veces. Después de estar lo que para él fueron horas, aunque realmente fueron sólo 20 minutos, se desesperó y volvió a su casa.

En el camino se encontró con la rana más vieja y lista de toda la charca y Franky le dijo: "Por más que lo intento no puedo saltar. Ya practiqué horas y horas y no me sale".

La rana vieja con tranquilidad le respondió: "No has practicado horas. ¿O si Franky? Mira tú reloj".

"Oh cierto, solo llevó 20 minutos, pero..." le contestó Franky.

"Pero nada" lo interrumpió la rana vieja. "Tienes que practicar no 5, ni 10, ni 20, ni 35 veces. No es que exista un número de veces o un tiempo. Tienes que practicarlo hasta que te salga"

"Pero y si nunca me sale" le dijo Franky

"Pues lo sigues intentando hasta que te salga" le contestó la rana vieja.

Al día siguiente, la rana vieja fue a donde estaba Franky practicando y se quedó observándolo. No lo intento 20 veces, ni 40, ni 80, sino que 100 veces y por fin le salió. La rana vieja sólo sonrió.

Franky se fue feliz a su casa con la satisfacción de haber logrado su meta. Aprendió que no debes rendirte. Tienes que intentar e intentar hasta que las cosas te salgan, porque sólo la práctica hace a la rana.

LOS RATONES SI PUEDEN ESCRIBIR

Había una vez, un ratoncito que quería ser escritor. Todos los animales le decían que no podía, que los ratones no escriben. Le decían que no podía porque era pequeño, porque él no iba al colegio y muchas otras cosas más. Pero el ratón no se rendía. Primero tenía que aprender a escribir. Así que fue a la escuela que estaba a 5 minutos de su casa. Como él no podía entrar, se asomaba por la ventana, para poder ver lo que explicaba el maestro. Él aprendía, incluso más que los animales que estaban dentro del salón de clases. Poco a poco aprendió a escribir. Luego supo cómo poner los acentos, las mayúsculas y a tener buena ortografía.

Un día, un gato se dio cuenta de lo que estaba haciendo el ratón y se lo contó a los demás animales. Todos se burlaron de él.

"¿Cómo quieres escribir un libro si ni siquiera tienes papel?" le decía el perro.

"¿Cómo lograrás que alguien lo lea?" le preguntaba el hámster.

"¿Cómo lo vas a imprimir?" lo cuestionaba el conejo

Todos se burlaban del pobre ratoncito. Pero él insistió y no escuchó los malos comentarios de los demás.

El ratoncito sabía que necesitaba papel para poder escribir y pensaba: "¿Cómo lo conseguiré?"

Después vio por la ventana y observó que los animales que iban al colegio tiraban los papeles que ya no usaban o sus exámenes reprobados. Pensó en usar esos mismos papeles para escribir su libro. Así que entro a la escuela cuando no había nadie y recogió los papeles suficientes para hacer su libro.

Luego tenía que conseguir un lápiz para poder escribir. Pensó y pensó, pero no se le ocurría nada. De regreso a su casa, vio un lápiz tirado en el piso. "Que suerte" se dijo. Ya tengo todo lo que necesito para escribir mi libro, ahora solo me faltan las ideas.

El ratoncito se quedó toda la tarde escribiendo. Al día siguiente también se pasó todo el día escribiendo.

Bueno, se pasó toda la semana escribiendo. Bueno, todo el mes se la pasó escribiendo y revisando todos los días y a todas horas, cuento por cuento que había escrito.

Hasta que por fin acabó su libro. Se lo llevó al búho, que era el único que no se burlaba de su idea, para enseñarle su trabajo. Al búho le gustó tanto, que lo mandó a editar. Hasta le pusieron pasta dura en la portada de su libro. ¡Había quedado fabuloso!

Cuando lo publicaron se hizo famoso casi al instante, pues todos querían saber cómo le había quedado el libro a un ratón. Tuvo mucho éxito y ya nadie se volvió a burlar de él.

Todo lo logró por no rendirse y seguir sus sueños sin importar lo que dijeran y opinaran los demás.

Printed in the United States
by Baker & Taylor Publisher Services

Printed in the United States
by Baker & Taylor Publisher Services